KB107108

이시환 시집

여백의 진실

신세림출판사

여백의 진실

이시환 시집

시인의 말

새 시집을 펴낸다. 모두 87편이다. '이들이 나에게 무엇인가?' 되묻지 않을 수 없다. 그러나 쉽게 대답할 수도 없다. 분명한 것은, 내 눈에 비친 세상이고, 내 사유 세계 속에서 지어진 크고 작은, 여러 가지 빛깔의 여러 모양새의 집들이다.

그 집들마다 낯선 사람들이 들어가 살며 저마다 꿈을 꾸는, 비록, 웅장하고 화려하지는 않더라도 '살아있는', 온기가 감도는 집이었으면 좋겠다. 이왕이면, 모두에게 언제 어디서든 두 다리 쭉 펴고서 편히 쉴 수 있는 '누추하지만 내 집'이기를 원하지만, 겨우 한 순간 눈비나 가까스로 피할 수 있는 오두막이, 아니, 그조차 되어주지 못할까 심히 걱정스럽다. 그러나 어찌하랴.

집을 짓는 내 솜씨가 이 정도인 것을.

  나는 살면서 어느 순간에 "선악(善惡)을 분별하지 않
는 대자연의 역사는 담백하지만 그를 분별하는 인류의
역사는 사악하기 그지없다."는 말을 얻었다. 나의 이름
석 자가 붙은 아포리즘aphorism 52번이다. 분명, 나의
시는 그 담백함을 닮고 싶고 지향하지만 역시 인간인
지라 그 사악함도 드러내 보이고 말았다. 부디, 여러분
의 혜안(慧眼)으로 가려 읽어주기 바란다.

2016. 06. 09.

이 시 환

차례 __ 이시환 시집 / 여백의 진실

2부 _ 산에서의 명상

차례 __ 이시환 시집 / 여백의 진실

3부 _ 산에서 만난 불꽃같은 꽃들

4부 _ 산에서 바라본 인간세상

차례 __ 이시환 시집 / 여백의 진실

5부 _ 산에서 한 부질없는 근심걱정

제1부 _ 산과 나

나의 경전은,
내가 아침저녁으로 바라보는 저 산이다.

-이시환의 아포리즘 aphorism 48

내가 일평생 시(詩)를 짓는다 해도
그것은 살아있는 한 그루 나무만 못하다.

-이시환의 아포리즘 aphorism 159

산 · 1

한번쯤 말문을 열 법도 한데
좀처럼 입을 열지 않는구려.

-2013. 09. 26.

묘산(妙山)

산에 오르고자
사방팔방에서 모여든 사람들로
만남의 광장은
붐비는 새벽시장만 같네.

하지만 그 소란스러움도 잠시
그들이 일제히 산에 들기 시작하면
이내 산은 그들을 어디로 다 숨기어버렸는지
산속은 텅 빈 채 고요하기만 하네.

그렇듯,
저 위에서는 물기만 조금 비쳐도
저 아래에서는 콸콸 흐르는
물줄기를 내어 놓는 것이

실로 묘함이란
네가 품은 세계의 깊이에 있고
네 깊은 곳에서 품었던 것들을
다시금 내어 놓는 비밀에 있네.

-2014. 08. 19.

산 · 2

산은 늘 거기에 있었네.
돌 위에 돌이 올려져 있고,
돌틈 모서리에 소나무 뿌릴 내리고….

산은 늘 거기에 있었네.
한 방울 한 방울 물 스며들어 옹달샘 되고,
초목이 남긴 열매들 형형색색 보석이 되고….

산은 늘 거기에 있었네.
나뭇잎 한 장 나풀나풀 떨어져도,
쌓인 낙엽더미 바스락거려도
커다란 눈과 커다란 귀를 열고 닫는….

산은 늘 거기에 있었네.
새들이 떠나는 족족 흔들리는 빈 나뭇가지에도
따스한 햇살이 알몸으로 매어달리는….

산은 늘 거기에 있었네.
시절을 노래하는 속삭임으로
태풍을 불러들이는 침묵으로

산은 늘 거기에 있었네.
산은 늘 거기에 있었네.
산은, 늘, 거기에, 있었네.

-2015. 12. 17.

산 같은 사람

내가 좋아하는 술(酒)조차
양보다는 그 맛이 깊어야 신비롭고

내가 좋아하는 산(山)조차
고도보다는 그 중심이 깊어야 넉넉하듯이

내가 좋아하는 사람도
외형보다는 속이 깊어야 기대고 싶어진다.

잘 보이지 않지만 그놈의 속이 깊고 깊어야
그 속에 무엇이 얼마나 들어있을까 궁금해져서
그의 세계가 더욱 신비로워지고

잘 보이지 않지만 그놈의 속이 깊고 깊어야
그 속으로 내가 들고
그 속으로부터 네가 나오는 길이 많아져서
그의 세계가 더욱 다채로워진다.

잘 보이지 않지만
모름지기 속이란,
깊고 깊어야 많은 것을 품을 수 있고,
많은 것을 품어야 많은 것을 내어놓을 수 있다.

-2016. 05. 01.

산길을 오르내리며

어느 날, 백운대에 홀로 앉아서
자운봉 만장봉 선인봉이 어우러진 도봉산이
구름바다 위로 솟아있는 것을 바라보며
'저곳은 분명 사람 사는 세상이 아닌
딴 세상'일 거라는 생각을 하네.

어느 날, 자운봉에 홀로 앉아서
인수봉 백운대 만경대가 어우러진 북한산이
장엄한 기둥처럼 하늘을 떠받치고 있는 것을 바라보며
'저곳은 내가 감히 범접할 수 없는
딴 세상'일 거라는 생각을 하네.

그렇듯, 아직 가보지 아니한 곳에 대한
막연한 상상을 부풀리며,
내가 알지 못하는 세계에 대해선
꿈을 꾸며 가슴만 두근, 두근거리지.

그래도 가보고 싶은 곳이 있다는 게
얼마나 즐거우며,
그래도 가야할 길을 상상하며 꿈을 꿀 때가
얼마나 행복하던가.

-2015. 01. 19.

산행(山行) · 1

나는 걷는다.
살아있기에 걷는다.
걸어서 갈 수 있는 데까지
어디든 가보련다.

걸으면서,
세상이 내게 하는 말을 엿듣고
내 몸이 내게 하는 말을 귀담아 들으며
세상을 향해 내가 하고 싶은 말도 중얼거려도 본다.

나는 오늘도 걷는다.
살아 숨 쉬고 있는 한 걷는다.
나의 걸음 멈추는 순간이 곧 죽음이고,
죽음이고,
죽어서는, 죽어서는
죽어서는, 죽어서는
한 줄기 바람 되고,
불덩이가 되고,
물이 되고,
흙이 되어서,
끝내는 너의 품으로
돌아가련다.

돌아가련다.

-2015. 01. 14.

산행(山行) · 2

나는 가네.
나는 가네.
산, 산으로 가네.

실바람 되어
골골 따라 오르내리며
고개 넘고 능선을 넘어서
깊은 산, 깊은 곳으로 가네.

나는 드네.
나는 드네.
산, 산으로 드네.

흰 구름 되어
능선 따라 오르내리며
물길 건너 바윗길 건너서
높은 산, 높은 곳으로 드네.

돌 위에
돌이 올려져 있고,
죽어 누워있는 것들의
숨소리까지 들리는

산, 산으로 가네.
산으로 드네.
깊은 산, 깊은 그리움으로.
높은 산, 높은 아득함으로.

나는 가네.
나는 가네.
산, 산으로 가네.

-2016. 03. 27.

산에 들어

마침내 9월로 접어드는
기분 좋은 날 아침
큰마음을 내어
잠시 깊은 산에 들었네.

골짜기에는 바람 한 점 없고
그 어떤 소리도 들리질 않아
모두가 숨을 죽인 듯
고요하기만 한데

그렇게
나도 그저 하나의 돌부리처럼
선인봉 곁에 비껴 앉아 있었는데

그새를 못 참고
여기서 툭, 저기서 툭, 툭,
도토리 떨어져 구르는 소리에
놀란 다람쥐 귀를 세우네.

-2014. 08. 31.

*선인봉(仙人峰) : 신선(神仙)이 도를 닦는 바위라 하여 그 이름이 붙여졌으며, 자운봉 (739.5m) 만장봉(718m) 등과 함께 '도봉산의 삼형제 봉우리'로 불리는데, 화강암으 로 이루어져 암벽 등반가들이 즐겨 찾는, 해발고도 708m의 장엄한 봉우리이다.

고행(苦行)

지난 여름은
길고도 짭짤했네.

미련한 짓인 줄 알면서도
산행(山行)을 고행(苦行)으로 여기면서
무던히 땀을 쏟아냈고
심히 몸을 혹사시켰으니 말이네.

그러나 하루아침에 물러서는
그 완강했던 여름 끝자락에서
찬바람은 쉬이 불어오고
삭신의 구석구석을 쑤시듯
대지엔 비가 촉촉이 내리고
나는 그 소리에 밤잠을 설치기 일쑤인 것이

여름을 난 고단한 이 몸에도
단풍이 들려나보다,
비온 뒤 맑은 햇살 속
노적봉(露積峰)*의 시월 나뭇잎처럼
노랗고 붉게 단풍이 들려나 보다.

-2014. 10. 04.

*노적봉(露積峰) : 북한산의 산성주능선에 있는 봉우리로 높이는 716m이며, 만경대 서쪽 아래에 있다. 봉우리 모양이 노적가리를 쌓아놓은 것처럼 보인다 하여 '노적봉(露積峰)'이란 이름이 붙여졌으며, 행정구역상 경기도 고양시 덕양구 북한동에 속하며, 이 노적봉 밑으로는 조선시대 '진국사(鎭國寺)'라 불리던 '노적사(露積寺)'가 있다.

봄햇살에 걸터앉아

산수유 진달래 개나리 목련 할 것 없이
그 빛깔 다 다르고
그 생김새 다르지만
저마다 피를 토하듯 온몸으로
차례차례 꽃을 피워내고,

동네방네
벚꽃마저 만발하니
이른 아침부터
사람, 사람 마음 들썩이고
새들조차 신이 나서
분주하기 그지없네.

소리 소문 없이 찾아와
꽃궁전을 다 헤집고 다니는
저 크고 작은,
낯선 새들을 훔쳐보며
내 잠시 봄햇살에 걸터앉아 있노라니
산들바람 불어와
종잇장처럼 가볍게
내 가슴을 들었다 내려놓는구나.

그렇게 잠시 한눈파는 사이,
꽃잎과 꽃잎들이 바람결에 흩뿌려지며
아른아른 강 물결을 이루어 흘러가네.
흘러서 가네.

-2016. 04. 08.

동석산 정상에서

무심코 지나가던 나를
네가 불러 세우지만 않았어도
내게는 아무 일이 없었을 것이다.

나는 간밤에
붉은 동백 피어나듯
홍주에 취했고,

나는 간밤에
백동백이 지듯이
소리 없이 울었으며,

이른 아침
홀로 목욕재계하고
너를 향해 내달렸다.

먹구름이 몰려오고
폭우가 쏟아지기 전 그 틈을 타
위태로운 줄 모르고 기어오른

낯선 네 품, 네 품속은
잠시도 머물 수 없는

미친 강풍이 휘몰아치고 있었다.

그러나 이미 나는
네 품안에 들었고,
네 뜨거운 심장의 고동소리 엿들었다.

오, 내 숨, 내 숨이 멎을 것만 같다.
누가 나를 흔들어,
흔들어 주오.

-2016. 04. 17.

---

*동석산 : 전남 진도군 지산면 하심동길 14-39에 있으며, 해발고도 230미터 바위산
인데 그 밑으로 천종사 불교사원이 있다.

아쉬움

오늘같이 하늘 높고 파란 날에는
목욕재계하고
인수봉 위에 앉아 있어야 하는데…

오늘같이 햇살 쨍쨍한 날에는
마음 가지런히 하고서
백운대 위에 앉아 있어야 하는데…

오늘같이 춥지만 청명한 날에는
온몸으로 세상을 다 껴안으며
만경대 위에 앉아 있어야 하는데….

-2015. 01. 07.

---

*인수봉(仁壽峰) : 서울특별시 강북구와 경기도 고양시에 걸쳐 있는 북한산(北漢山)의
한 봉우리. 백운대(白雲臺), 만경대(萬景臺) 등과 함께 삼각산(三角山), 삼봉산(三峰山)
이라 불리어 왔으며, 화강암 암벽이 원뿔모양으로 노출된 암봉(巖峰)으로 그 높이는
8Ô3미터로 알려져 있다.

내 마음

1
인왕산에 오르고 보니
북악산이 그립고

북악에 오르고 보니
인왕이 더욱 그리워지네.

2
자운봉에 오르고 보니
백운봉이 그립고

백운(白雲)에 오르고 보니
자운(紫雲)이 더욱 그리워지네.

-2015. 10. 12.

나비가 되고 꽃잎이 되어

보잘 것 없는,
아주 작은 나비 한 마리가
나풀나풀 날아서
아주 작은, 보잘 것 없는
한 꽃송이에서 그 옆 꽃송이로
태평양을 건너가듯 날아가
사뿐히 내려앉듯이,

나도
이 몸을 그 나비처럼 가볍게
이 마음을 그 꽃잎처럼
보잘 것 없지만 청정하게 해서
나비가 되고 꽃잎이 되어

이 골짜기에서 저 골짜기로
이 능선에서 저 능선으로
이 봉우리에서 저 봉우리로
대륙을 횡단하듯 넘나들며
가볍게 내려앉는
꿈, 꿈을 꾸네,
아무도 없는 이 산중에서.

-2015. 07. 21.

산·3

돌 하나를 빼어 내어도
무너져 내리고

돌 하나를 더 쌓아 올려도
무너져 내리고 마는

균형, 그 위태로움이
선(善)이고 아름다움이라네.

-2014. 08. 31.

제2부 _ 산에서의 명상

우주

우주는,
멀리 있는 것도 아니고
가까이 있는 것도 아니며

우주는,
내 안에 있고
우주 속에
내가 있을 따름이네.

-2015. 07. 17.

돌이켜보니

그 옛날 부처는,
'하나도 생기는 것이 없지만 모든 것이 있고,
모든 것들이 생기지만 하나도 없는 것'을 생각했고,

그 옛날 노자(老子)는,
'꾀함이 없음으로써
꾀하지 않음이 없는 것'에 대해 생각했는데,

오늘날 많은 사람들은,
앵무새가 되어서
더 이상 진국이 나올 리 없는
그놈의 '공(空)'과 그놈의 '도(道)'를 운운하며
재탕 삼탕 우려먹고들 사네.

진실은
공(空)도, 도(道)도 모른 채
그저 열심히 살다가
소리 소문 없이 사라져가는 것들에게 있지만
인간세상은
배워서 조금 안다고 하는 이들의
큰 소리, 쓴 소리뿐이네.

이제부터는
'생기지도 않고
사라지지도 않는 것'에 대해서라면
귀신 씨나락 까먹는 소리 지껄이지 말고
지금 눈에 보이는 것이나 제대로 보고
귀에 들리는 것이나 바로 들으며
그것들의 존재 의미를 새기며 사는 편이
낫지 않을까 싶네.

보아하니,
내가 보았어도 다 보지 못했고
내가 들었어도 다 듣지 못했을 뿐
있는 것은 있을 뿐이고,
없는 것은 없을 뿐인데

과거 있었던 것과
현재 있는 것과
미래 있을 것들을 낳음으로써
존재하는 것들을 존재하게 하는 근원인
종자(種子) 하나는
처음부터 있었을 터

그것이 있음으로 해서

인(因)이 되고 연(緣)이 되어
만상(萬象)이 펼쳐지는 법인데
그놈의 종자가 바로
'생긴 것도 아니고 없어지는 것도 아닌'
내가 믿는 신(神)이요, 도(道)이고,
만물의 근원(根源)이요, 그 끝이자 시작으로서
커다란 원을 그리는 과정에 있는
길, 길이 아닐까 싶네그려.

-2016. 05. 25.

내려다보니

태풍에 직면한
보잘 것 없는 초목들은
심히 흔들려도 크게 위태로울 게 없으나
늘 우러러보았던 키 큰 소나무는
위태롭기가 그지없네그려.

지진이 나서 무너져도,
보잘것없는 흙집은
처참할 것까지는 없으나
많은 사람들이 모여 살고 있는 큰 집들은
차마 눈뜨고 볼 수 없네.

그렇듯, 가진 것 없으니
삶은 좀 구차스러우나 근심걱정 없고,
각별한 볼품이 없으니
무시당할 수는 있으나
오히려 신경 쓸 일 없어
홀가분하네.

-2016. 05. 25.

백사(白蛇)
- 다락능선을 따라 포대정상으로 가는 길에서

수없이 오르내린
같은 산 같은 길을 가다가 멈추어 서서
지금껏 보지 못한,

커다란 백사 한 마리가 머릴 쳐들고
능선을 따라 기어오르는 것을
한참동안이나 지켜보네.

정녕, 산은 늘 그 자리에 그대로이건만
오늘은 내 마음이 머무는 곳에
없던 진귀한 것이 나타나
내 눈에 쏙 담기네.

본다고 다 보이는 것도 아니고
보았어도 다 본 것이 아님을
산행 중에 오늘 문득 깨닫네.

-2016. 03. 20.

용암봉의 소나무 한 그루

바람 속에 뿌리내린 채
힘겹게 살아가는
소나무 한 그루

그 바람 얼마나 매섭고 거친지
바로 서지도 못하고
엎드려 기다시피 누웠구려.

살아온 세월에 비하면
턱없이 왜소하고 보잘 것 없으나
네 질긴 심지가 꽃을 피우듯 경이롭구나.

남들이야 따뜻한 아랫목에서
두 다리 뻗고 편히 잘 때에
비록, 불편한 새우잠을 잘지라도,

남들이야 박장대소하며
호의호식할 때에
찬밥 한 숟갈 물에 말아 먹을지라도,

꺾이지 않고, 포기하지 않고,
열심히 살아내며, 살아가는

너와 나의 하루하루가

얼마나 거룩하며
얼마나 소중한지를
오늘 문득 절감하네.

-2016. 03. 27.

백운봉 가는 길

꽁꽁 얼어붙은 백운봉
굳게 입을 다물고 돌아선 모습이
낯선 거인처럼 냉담하지만
가까이 다가서면
어디선가 물 흐르는 소리
천상의 음악인 양 들리고,

작은 새들은 작은 새들대로
실가지 사이사이 넘나들며
곡예 부리듯 분주하고,
딱따구리는 딱따구리대로
여기저기서 나무껍질 쪼아대는
삼매에 빠져 있네.

까마귀는 까마귀대로
인기척에 반가운 신호 보내느라
오늘따라 그 소리 유별나게 우렁차고
잔뜩 흐린 하늘에서는
함박눈이 띄엄띄엄 흩날리는데
얼굴을 스치는 북서풍의
바람끝은 제법 매섭구나.

족두리봉에서 바라본 까마귀 한 마리

해가 솟아오르기 전,

점점 밝아오는 동녘하늘의 여명과
이제 막 꿈틀거리기 시작하는 도심(都心)을 품은
어두운 대지 사이로 드리워진
적막(寂寞)이 얼음장처럼 투명하다.

나는 지금,
족두리봉 정상에
둥근 바윗돌처럼 홀로 앉아
동녘하늘을 바라보고 있는데

그 투명한 적막에 실금을 내며
능선과 능선 사이 계곡을 순시하듯
소리 없이 비행하는 까마귀 한 마리

전쟁통 같은 또 하루가 시작되기 전
칼바람을 거스르며 즐기는
네 여유가 시원스럽고
네 자유가 뜨겁구나.

*족두리봉 : 북한산국립공원의 북한산 남서쪽에 있는 해발고도 370m 봉우리. 서울
은평구 불광동 산 42-1

주봉에서 바라본 도봉3봉

들쭉날쭉
높고 낮은 암릉(岩陵)으로 빙 둘러
높고 높은 성(城)을 쌓았구나.

성 안에 간직한 비밀은
얼마나 깊고 얼마나 무거우며,
그 비밀 위에 앉아계신 성주는
오늘도 건재하실까?

내 스치듯 가까이 오갈 때마다
성 안의 세상이 궁금해
뛰어넘고 싶은 유혹도 크다만
뿌리치며 훔쳐보듯 넘보기를 즐기네.

그렇다고 기어오를 수도 없고
성문을 열어 제킬 수도 없는 오늘
단 한번 사용 가능한 낙하산이라도 펼까,
기다란 동아줄이라도 드리울까.

아서라.
넘나들지도 말고,
성문을 부수지도 마라.

그래도 궁금할 때가 좋고
그래도 그리울 때 꿈을 꾸는 게
더 좋은 법이다.

주봉 : 도봉산 포대능선을 따라 우이동 쪽으로 가다보면 자운봉·만장봉·선인봉 등 도
봉삼봉이 왼편으로 있는데, 우이암 방향으로 더 가면 도봉주능선 좌측으로 해발고도
675m 기둥같이 생긴 바위봉우리가 있다.

정릉계곡을 내려오며

오늘은 북한산 까마귀들이
다 소집되기라도 했나?

정릉계곡 숲에 큰 무리 지어
갈급하게 울어쌓는 게 심상치가 않구나.

모르긴 해도 저들 사이에
무슨 중대한 일이라도 생긴 모양이다.

천 길 낭떠러지 바위틈에 위태롭게 서있든
사람 다니는 길목에 서서 수난을 받든

한 곳에 붙박여 살아가는 초목들에게도
일 년 삼백육십오 일 생생한 역사가 있는데

저들 숲에 깃들어 사는 까마귀라 해서
저들만의 뜨거운 숨결, 애환이야 없겠는가.

구천계곡에서

바람도 쉬어가다 갈 길을 잃고
햇살도 주저앉아 꾸벅꾸벅 졸고 있는
이곳 하늘 깊은 계곡에서는,
지난 해 낙엽들이 고스란히 쌓여 있고
어디선가 졸졸졸 물 흐르는 소리 들리건만
정작 물길은 보이지 않네.

다만, 낯선 내가 다가서도 모른 채
산수유가 곳곳에서 앞 다투어 볼을 붉히고
작은 새들만이 저리도 신이 나 있는 것이
아무래도 오늘은
저들이 일을 낼까싶네그려.

-2015. 03. 29.

---

*구천계곡(九天溪谷) : 북한산의 '대동문'에서 내려다 볼 때에 좌측의 운가 능선과 우측의 칼바위 능선 사이에 있는 약 1.9킬로미터 길이의 골짜기로, 그 하단부는 수유분소와 둘레길탐방안내센터가 있다. 전체적으로 보면 경사도가 비교적 가파르고 탐방로가 좁으며, 로프와이어가 설치된 구간이 대여섯 곳이나 된다. 계곡 중·하류 사이에 겨울철 암벽등반 훈련장으로 사용되는 수량 많은 구천폭포가 있으며, 그 폭이나 바위 사면이 꽤나 웅장하다.

운가암에서

'운가암에 들르는 것은 우연이나
들어와서 마음 주고 받음은 인연이라'말하지만
애당초 우연은 없네그려.

내가 여기 있는 이유를 알고
네가 거기 있는 의미를 알면
이것이 인(因)이고 저것이 연(緣)이 되는데
사람들은 그저 우연이라 말할 뿐
세상에 우연은 애당초 없네그려.

-2015. 03. 29.

*운가암 : 서울특별시 강북구 4.19로28길 101에 작은 대웅전과 산신각이 있는데,
이곳 주지가 암자 입구에 써 붙여 놓은 팻말에 '운가암에 들르는 것은 우연이지만 들
어와서 마음 주고 받는 것은 인연이라'며, '모든 번뇌 다 내려놓고 가라'는 문구가 인상
적이었다.

깔딱고개

신발끈 동여매고서 오르고 오르다보면
숨이 차오르고 가슴 답답해져 더 이상 참기 어려운,
그래서 딱 한번쯤 쉬어갔으면 하는
고개가 있네.

허리띠 졸라매고 경쟁 투쟁하다시피 허둥지둥 살다보면
몸도 지치고 마음까지도 찢겨 다 놓아버리고 싶은,
그래서 딱 한번쯤 뒤돌아보며 쉬어갔으면 하는
고비가 있네.

먼저 간 사람들은
그 때 그곳을 '깔딱고개'라 부르고,
그 때 그 고비를 '위기상황' 내지는 '전환점'이라 부르지만
그 고통의 정점을 넘어서야
비로소 새 힘을 얻고
새 희망으로 앞을 보고 걸을 수 있다네.

가장 참기 힘들고 가장 견디기 어려운
고비마다 놓여있는 그놈의 깔딱고개는
오르막길에도 있고 내리막길에도 있으며,
산행길에도 있고 인생 항로에도 있다네.

-2015. 01 .20.

떡

이른 아침부터 떡상자를 머리에 이고
깊은 산속으로 걸어 들어가는 아주머니,
대체, 어디에서 무슨 일이 있기에
무거운 떡상자를 머리에 이고서
이 깊은 산 속 어디로 가시나이까?
버스정류장에서 내려
대서문을 지나고 중성문을 거쳐서
곳곳이 얼어붙은 험한 산길로 어디를 가시나이까?
혹여, 노적사(露積寺)로 가시나이까?
태고사(太古寺)로 가시나이까?
오늘따라 노인양반들이 삼삼오오 모여
노적교(露積橋) 쪽으로 걸어들 가시면서
닳아빠진 무릎 관절이 아파서인지
길모퉁이에 쪼그리고 앉아 쉬며
이런저런 얘기꽃을 피우는 모습이
봄날의 풀꽃처럼 이곳저곳에서 눈에 띄니 말일세.
저 떡을 먹는 이들이
저 여인의 고달픔을 알아나 줄까.
저 떡을 받아먹는 이들이
저 여인의 간절한 소원이나 기억해 줄까.
새벽부터 장독대 큰 항아리 위로
무럭무럭 김이 나는 떡시루 올려놓고

다시 그 위로 한 그릇 정화수 받들어놓고서
잠에서 깨어나지도 않은
가족들의 안녕과 복을 천지신명께 빌던
먼 옛날 우리네 어머니 마음과 다를 바 없겠지요.
여인이여, 백성들에게 기쁜 마음으로 떡을 나누어 주시라.
떡이시여, 눈덩이처럼 불어나 만백성의 허기를 채워주시고
사람사람 뱃속에 들어가서는 미련 없이 녹아내려
이 사람 저 사람의 간악한 마음을 다 풀어내고 쓸어내
이 산천 깊은 계곡에 얼어붙었다 녹아 흐르는
물처럼 바람처럼 흘러가게 하소서.
시원스레 흘러가게 하소서.
그리하여 지천에 화들짝 피어나는
들꽃처럼 일어나 다시 살아가게 하소서.
다시 살아가게 하소서.

-2015. 03. 08.

인수봉을 바라보며

인수봉에 올랐다 해서
인수봉을 다 본 게 아니듯이
백운대에 올랐다 해서
백운대를 다 아는 것도 아니라네.

혹여, 안방 드나들듯 오르내리며
그의 비밀까지 다 알아버린 뒤라
싫증나거나 이미 미워졌다면
그 주변 영봉에도 오르고
만경대에도 오르고
노적봉에도 올라서서
그 인수봉을 바라보고
그 백운대를 바라시게나.

오르면서 보지 못하고
올라서서도 보지 못했던
그의 진면목이 드러나 보일지도 몰라.
흔히 그러하듯 가깝고도 가까운
사람과 사람 사이가 그러하듯
때로는 거리를 두고
다시금 바라보시게나.
크고 장엄한 것도 귀엽고

작고 귀여운 것도 장엄해질 터이니 말이다.

-2015. 01. 18.

제물

나이를 먹으며 산다는 것은,
알게 모르게 이 몸에
알록달록 얼룩지게 하는 일이다마는
그 몸을 정갈하게 씻어서
저 눈부신 갯벌 위에 올려놓고 싶다.

나이를 먹으며 산다는 것은,
알게 모르게 이 마음에
덕지덕지 상처를 남기는 일이다마는
그 마음 말끔하게 아물게 해서
저 청정한 산봉우리 위에 올려놓고 싶다.

그동안 사느라고
얼룩지고 상처투성인 몸과 마음을
깨끗하게 씻고 닦아서
어느 청명한 날에
제단 위로 고스란히 올려놓고 싶다.
저 토실토실한 햇밤이나 대추마냥.
제단 위로 올려놓고 싶다.

-2016. 04. 29.

문수봉에 앉아

가을을 재촉하는 비가 연이틀 촉촉이 내렸다. 목욕재
계하고 오른 문수봉의 이른 아침, 맑게 개인 하늘과 내
려다보이는 산빛이 태초의 것인 양 아주 깨끗하다. 하
늘은 티 한 점 없이 파랗고, 깨끗한 햇살을 받는 산등
성이의 나무들은 윤기가 넘쳐흐른다. 모든 경계가 선
명하다. 이런 세상이라면 백년도 잠깐 사이에 지나가
버릴 것만 같다.

-2014. 10. 05.

---

*문수봉 : 북한산의 의상봉에서 시작하는 의상능선에 있는 가장 높은 727미터의 바위
봉우리. 행정구역상으로는 경기도 고양시 덕양구 북한동에 속한다. 봉우리 밑으로 고
려 때 창건했다는 문수사(文殊寺)가 있다.

조우(遭遇)

폭염과 건조주의보가 함께 내려진
5월 하순 어느 한낮

살아있는 것들은 다들
어디로 피신(避身)해 있는지
평소 움직이는 것들은 보이지 않고
그 소란스러움조차 다 가시었다.

모처럼 햇볕이 깨끗하고
세상이 온통 조용해져서 참 좋다.

한 장의 백짓장 같은
그 적요(寂寥)한 가운데를 가로지르는
가시철조망을 넘어서
얼굴과 얼굴을 내밀고 있는
붉은 장미꽃들의 숨소리만이 뜨겁다.

그래, 이왕 이렇게
너와 내가 만났으니 함께 가자구나,
이 깨끗한 세상 속으로.
구차한 몸이야 녹아버려서
한 장의 붉은 꽃잎이 되고

그 꽃잎 다 불타버린 뒤
한 방울의 이슬로 고여도 좋을 날이다.

-2016. 05. 21.

향로봉에 앉아서

내게 허락된
내 몸 안의 기름이
점점 닳아가는구나.

때가 되면
나의 등잔도 바닥을 드러내고
심지까지 돋우어 가며 태우겠지만
불꽃은 점점 사그라져 갈 것이다.

원하든 원하지 않든
마침내 불은 꺼지고
텅 빈 등잔만이 남아서
어둠의 바다 속으로
잠기어갈 것이다.

-2015. 02. 01.

애인
-인제 원대리 자작나무 숲에 갇히어

이왕이면 자작나무처럼
살결이 뽀얗고 매끌매끌했으면 좋겠네.

이왕이면 자작나무처럼
호리호리하고 시원시원했으면 참 좋겠네.

평생을 한데 어울려 살면서 서로 다독이고
노랗게 같이 물들어갔으면 참 좋겠네.

이왕이면 자작나무처럼
살만큼 살다가 죽어서는, 죽어서는

미련 없이 잘 썩어 진토(塵土) 되고
잘 불에 타 바람에 날리는, 바람에 날리는

한줌의 재가 되었으면 좋겠네.
한줌의 재가 되었으면 좋겠네.

-2014. 11. 04.

자작나무 숲에 갇히어

어느 날 문득,
가을 자작나무 숲에 갇히고서야
살아야 하는 이유를 깨닫게 되네.

어느 날 문득,
한 순간이었지만 네게 미치고서야
살아야 하는 의미를 깨닫게 되네.

뒤돌아보면 적지 아니한 세월
산다고 마냥 뒹굴었어도
온전히 갇히어보지 못했고,
제대로 미쳐보지 못했기에
내 생의 절망이 없었고
속박이 없었으며
불꽃이 없었던가.

비록, 썩어가는 장작개비가 될지언정
살아서 파란 하늘로, 하늘로 치솟는
저들의 묵언 정진하는 자태가
게으른 나를 흔들어,
흔들어 깨우네.

-2014. 10. 24.

오봉

네가 거기 있을 때에는
다 이유가 있지.

네가 그리 있을 때에는
다 이유가 있어.

네가 거기, 그리, 있을 때에는
다 이유가 있는 법이지.

-2014. 09. 26.

가을 산길을 걸으며

녹음 짙어 하늘조차 보이지 않던 산길
초목들에 단풍이 들기 시작하더니
하룻밤 사이에 다 지고 말아
낙엽이 수북이 쌓여 있네.
문득, 새 양탄자가 깔린 길을 걷자니
새삼, 살아가는 일만큼 거룩한 것도,
아름다운 것도 달리 없다는 생각이 드네.

그래, 하루해는 점점 짧아지고
아침저녁으로 일교차가 커지면서
가을비가 몇 차례 촉촉이 대지를 적시고 나면
찬바람이 불기 시작하고
산천의 초목들이 앞 다투어 목숨을 불태우듯
그 잎들에 울긋불긋 물들이기에 바쁘지만
끝내는 모조리 떨어뜨리고 만다.

겨우내 얼어 죽지 않고
새봄을 기다리는 저들의 고육지책이련만
사람의 눈에는
그것이 그리 아름다울 수가 없다.

따지고 보면,

생로병사라는 과정을 거치지 않는 게 없다지만
그렇게 살아가는 일만큼
진지한 것도 없고,
거룩한 것도 없으며,
아름다운 것도 없어 보이는 것이
내게도 가을은 가을인가 보다.

-2014. 10. 28.

화계사 뒷산을 오르며

밤새 내리던 비는 그치고
돌연, 찬바람 불어오는데
이 가을 다 가기 전에
꼭 한 번 다녀 가라시기에
모처럼 화계사 뒷산을 오르네.

산비탈에 우뚝 선 나무
제 옷가지들을 벗어 흩뿌릴 때마다
공중으로 높이 날아오르는
한 무리 새떼 되어 장관이고

이미 알몸으로 칼바람을 맞는 계곡에서는
보잘 것 없는 나목들이 저마다 붉디붉거나
보랏빛 작은 열매들을
한 섬 가득 내어 놓는데
내 눈에는 그것들이 보석인 양 꽃인 양
황홀하기 그지없네.

그래도 늦가을이라고
저들은 다 버릴 줄 아는데
그래도 겨울이 다가온다고
저들은 다 내어 놓을 줄 아는데

그대는 무엇을 움켜쥐고
무엇을 걱정하는가.

-2013. 11. 17.

삼천사에서 내려오는 길에

9월의 중순 어느 이른 아침
의상봉*으로 가는 길을 잘못 들어서서
삼천사*에서 되돌아 나오는데

급히 걸어오시는
몸집 작은 백발의 할망구
내게 다가오더니 다짜고짜 묻는다,
'저 위쪽에서
밤 떨어지는 소리 못 들었느냐?'라고.

(밤 떨어지는 소리라…)

내 겸연쩍게 웃으며,
'못 들었다…' 했더니
할망구 고개를 갸우뚱거리면서
되레 무지한 나를 나무라는 듯
'못 듣긴 왜 못 들었느냐?'며
발걸음을 재촉한다.

-2014. 09. 14.

---

*의상봉(義湘峰) : 행정구역상 경기도 고양시 덕양구 북한동에 속하며, 북한산성 대서
문 쪽으로 있는 해발고도 502m 봉우리이다. 신라의 고승 의상(義湘:625~702)이 머
물렀던 곳이라는 데에서 그 이름이 붙여졌다고 전해진다.
*삼천사(三千寺) : 서울특별시 은평구 진관동 산34번지에 위치한 불교사원.

여성봉 앞에서

고작 백년이나 살까 말까하는 내게,
고작 눈으로 보고 귀로 듣고
입으로 말하는 내게,
비밀스런 음부를 다 드러내 보이는
그대 깊은 뜻을 어찌 알며,
그대 속마음을 어찌 헤아릴 수 있으리오.

눈에 보이는 것만이 전부가 아니고
귀에 들리는 것만이 진실이 아닐 터
내 눈에 보이지 않는다 해서
없는 것도 아니고
내 귀에 들리지 않는다 해서
소리가 없는 것도 아닐 터

그대 건강한 음부를 들여다보며
내 눈을 의심하고
내 귀를 의심해보네만
여전히 신기하고 기이하고 경이로운 것이
대자연의 걸작이구려.

-2014. 08. 31.

북한산 형제봉에서

북한산 형제봉에 올라
바위에 걸터앉고 보니
그래도 이놈이 든든하구나.
믿음직스럽구나.

훤히 내려다보이는 저 아래 세상이야
말만 무성한 시대이거늘
그 우거진 잡초더미 속에서
숨어 사는 독사에게 발등 물리지 않고
그 거친 욕망의 숲속에서 일렁이는
불길 같은 바람에 흔들리거나 휩싸이지도 않고
묵묵히 스스로를 지켜내는 모습이
실로 든든하구나.
믿음직스럽구나.

한 생을 다 탕진하고서야 쏟아내는
통한의 눈물과 함께 범벅이 된
뉘우침이란 말 아닌 말과
깨우침이란 말 아닌 말이라면
그 절실함이 사람을 바꾸고
능히 세상을 바꿀 수도 있으련만

헤픈 눈물은 있으나 갱신의 뼈저린 노력 없이
너도 나도 좋은 말들만 쏟아놓지만
한낱 앵무새의 지껄임에 지나지 않으며,
제 삶속에서 우러나오는 한 모금의 생수 같은
간절한 말이 아니라
여기저기서 주어 담은
굴러다니는 말들이고 보면
우리들의 잔칫상은 늘 화려하고 요란스러우나
속빈 강정처럼 우리를 실망시키듯이
도무지 사람을 바꾸지 못하고
도무지 세상을 바꾸지 못하네.

말이 무성한 시대
피곤한 세상을 살며
애써 빈 수레 끌지 말고
두 다리 성할 때에
북한산 형제봉이라도 올라
바위에 걸터앉아 보시라.

아무리 좋은 말이라 할지라도
각성되지 않고 실행되지 않으면
한낱 바람에 날리는 쭉정이일 뿐
풍파에 시달리고 세파에 멍들지라도

말없이 말하는 네가
차라리 믿음이 가고 정이 가는구나.
마주 보고 서서 서로를 그리워하는
바위 형제의 묵언이여.
네게는 간절함이라도 있고
네게는 나눠줄 체온이라도 있지.

-2014. 08. 05.

제3부 _ 산에서 만난 불꽃같은 꽃들

춘심(春心) · 1

기다리던 봄, 봄이 온다고
기다렸던 봄, 봄이 왔다고
아니, 아니, 저마다 좋은 시절 만났다고
앞 다투어 꽃망울부터 내미는
저들을 보아라.

기다리던 봄, 봄이 온다고
기다렸던 봄, 봄이 왔다고
아니, 아니, 저마다 좋은 시절 맞으려고
앞서거니 뒤서거니 새순 새싹 밀어내는
저들을 보아라.

이집 저집이 다 잔칫집이고
오가는 손마다 객마다
붉은 얼굴에 비틀걸음이라
동네방네 온 천지가 소란스럽구려.

-2016. 03. 24.

북한산 진달래

아직도 바람끝은 매서운데
새순 새잎 돋기도 전에 꽃을,
꽃을 먼저 피우는 사연 아시겠지요.

비바람 거칠고 추(위)더위 혹독할수록
토양 척박하고 바위틈 위태로울수록
더욱 붉게 꽃 피우는 사연 아시겠지요.

봄이여, 올 테면 어서 오라, 주저치 말고.
이 능선 저 골짜기 곳곳에서 피토하듯
불태우며 꽃피우는 사연 아시겠지요.

-2015. 08. 23. 23 : 25.

민들레꽃

아, 너를 다시 만났구나.
작년에 보고
재작년에도 보았던
그곳 그 자리 그 비좁은 돌틈에서
또 너를 볼 수 있다니
정녕, 놀라운 일이로다.
기적, 기적이로소이다.

네가, 네 자리를 지켜내지 못했더라면,
내가, 같은 길을 변함없이 걷지 못했더라면,
너와 내가, 어찌 이 순간 이 자리 이곳에서
또 다시 만날 수 있었으며,
서로를 반갑게 맞이할 수 있었겠는가.

허공, 허공중으로
높이, 높이 밀어 올려서
청정한 햇살을 받아 뿌리는
노란 한 송이 작은 꽃이
그야말로 내 눈에는
화엄의 바다인 양 장엄하고,
금강의 세계인 양 단단해 보이는구나,
눈부시구나.

-2016. 03. 31.

황매산 철쭉

이 능선 저 비탈
불길 번져버렸네요.

걷잡을 수 없이
돌이킬 수 없이

꽃 불길
확 번져버렸네요.

우두커니 서서 바라보던
내게도 옮겨 붙은 듯

화끈화끈 얼굴 달아오르고
두근두근 심장 마구 뛰네요.

-2013. 05. 02.

산부추꽃

바깥세상은 점점 더 어두워지고
찬바람마저 거칠어지는지
문풍지 우는 소리 숨넘어가네.

그래도 나는 이렇게
두 다리 뻗을 골방이라도 있다지만
험한 그곳 그대는 어떠신가요.

매일매일 언덕에 올라
하루해가 지고 달 뜨는 모습 바라보다가
뒤돌아서면 그리움만 웃자라지만

돌연, 야윈 몸을 던져서
밤하늘의 폭죽처럼 터지는 그대,
설마, 또 한 해, 또 한 세상을
마냥 기다리라는 뜻은 아니겠지요.

-2015. 03. 02.

금낭화

사람, 사람이 붐빌수록
더 그리워지는 당신께서
이 깊은 산골까지 오신다하매
어두운 골목골목
등불 밝혀 놓았습니다.

세상사 시끄러울수록
더욱 간절해지는 당신께서
이 외진 오지까지 오신다하매
험한 산길 굽이굽이
등불 밝혀 놓았습니다.

-2013. 05. 19.

경전보다 더 깊은 매향

부처님, 제 말 들리시나요?
어느 귀여운 여인이 그러는데요,
무슨 놈의 '원각경'이니 '금강경'이니 하는
그딴 것만 파지 말고
350년 된 매화나무 밑에 앉아 보면
그 향기가 부처님 말씀보다 훨씬 더 진하다고 하네요.
그런데 꽃은 금방 피었다가 금세 지는 것이기에
때를 맞추어 사방팔방으로 쏘다니다 보면
하나뿐인 몸이 너무 너무 바쁘다고 하네요.
부처님, 제 말 들으시나요?
매향이 경전보다 더 깊다고 하네요.

-2015. 04. 08.

제4부 _ 산에서 바라본 인간세상

춘심(春心)·2

봄, 봄이 왔다고
봄꽃들이 앞 다투어
담을 넘고 넘지만

사람들도 덩달아
이곳저곳으로 들떠
나들이를 가는데

다른 한쪽에선
봄을 이기지 못한 이들의
부음(訃音)도 잦네그려.

-2014. 03. 28.

벚꽃 중생

벚꽃이 피었다고
벚꽃이 화들짝 피었다고
우르르 몰려가는 사람들

벚꽃이 지었다고
벚꽃이 다 시들었다고
탄식하며 돌아서는 사람들

그리도 쉽게 기뻐하며 웃어재끼더니
그리도 쉽게 슬퍼하며 울음 다 쏟아놓는
저 가벼운 속을 어이할거나.

그리 쉽게도 끓어오르고
그리 쉽게도 식어버리는
저 얕은 속을 어이할거나.

-2014. 05. 23.

산다는 것은 꿈을 꾸는 것

아침마다 길을 나선다.
그 길이 순탄치만은 않아
때로는 사람의 목숨을 위태롭게도 하고
때로는 통째로 빼앗아가기도 한다.
하지만 우리는 주저하지 않고
길을 나선다.
아니, 아니, 길을 나서야만 한다.

곤한 잠에 떨어져 있어도,
침대에 손발이 묶이어 있어도,
마지막 숨을 몰아쉬면서도
부단히 걸어서 간다.
두 발로 걷지 못하면
그곳으로 이어져 있는
밧줄이라도 꼭 붙잡고서
마음만으로도 간다.

도대체 그곳은 어디일까?
그곳에는 무엇이 있을까?

우리는 산다는 것에
이런저런 의미를 부여하지만

따지고 보면, 한낱 자신의 욕구를 충족시키는
갖가지 활동에 지나지 않거늘
평생 동안 채워왔어도
다 채우지 못하는 구석이
여전히 남아있는 모양이다.

그런 부족함도 없이 가득 채워져 있는
저마다의 이상세계를 만들어 갖고서
그곳을 향해
그것을 누리려
아침마다 길을 나서며
스스로 위로 받기도 하고
스스로 상처 받기도 하며
두 다리에 힘을 얻어오지 않았나 싶다.

우리는 살아있는 한
죽어서 눈을 감는 순간까지
그렇게 길을 나서며
그렇게 꿈을 꾸는 것이다.

-2014. 08. 16.

사모곡

배고프던 시절,
어머니는 수제비를 곧잘 끓이셨지.
여름철엔 감자와 애호박을 좀 썰어 넣기도 하고,
겨울철엔 먹기 싫은 통멸치를 넣기도 했지만
그마저 없을 때엔
소금 간장만으로도 간을 맞추어서
아주 맛있는 수제비를 끓여 내셨지.

그 때마다 밀가루반죽을 쑤어서
물이 펄펄 끓는 솥 안으로
들쭉날쭉 떼어 넣고서
커다란 나무주걱으로 저어가며
그야말로 마술처럼 뚝딱 수제비를 끓이셨지.
미끌미끌 꼬들꼬들 그 수제비야
입안에서 잘도 넘어갔었지.

세월이 흘러 내가
수제비를 끓이시던 어머니 나이가 되어서,
그것도 하루해가 저물어가는 때를 맞추어서
진도 섬의 높은 전망대에 올라
크고 작은 섬들을 내려다보노라니
어머니의 그 수제비 같은

그리움만 뚝뚝 떨어지는 것이,

하루 이틀을 더 기다리지 못하고서
다 지고 마는 동백꽃 같은
저녁노을 속으로 올망졸망 떠있는
바다위에 섬과 섬이
어머니의 손끝에서 떨어지는 수제비 같은
그리움으로 짙어가네.

-2016. 04. 27.

죽은 친구를 추억하며

오랜만에 친구가 날 찾아왔네.
내 그를 위해 막걸리 한 병을 내놓고 보니
윗부분은 맑고 투명한데
아랫부분은 고형물질이 침전되고 엉기어 흐릿하네.
자세히 보면, 상하(上下) 청탁(淸濁)의 경계가 분명하건만
인간세상은 그렇지가 않네.
다행이도, 나는 맑은 청주를 좋아하고
인자한 친구는 흐린 탁주를 좋아하네.

우린 큰맘 먹고 이리 마주앉았는데
친구는 여전히 세상 한 가운데에 서서 소설(小說)을 쓰고
나는 고작 변두리를 서성이며 시(詩)나 읊조리네.
이런 광경을 안타깝게 지켜보던 낯선 객이
혀 꼬부라지는 소리로 한 수 거들기를
나더러는 '까시락지다' 하고,
친구에게는 '그래도 유들유들한 게 좋다' 하네.

허허, 친구야,
까시락지면 어떻고, 유들유들하면 어떤가.
취객의 너스레에 신경 쓰지 말고 괘념치 말게나.
이런 막걸리조차 마시려면
맑고 흐린 것들이 적당히 뒤섞이고

위아래 경계가 적절히 무너지도록
흔들어 흔들어줘야 한다지 않는가, 이 사람아.

그래도 나는
막걸리 병을 흔들기 전 청주를 고집하고
그래도 친구는
잘 흔들어 놓은 탁주를 고집했었지.

-2013. 10. 13.

외로움
-자살을 생각한다는 친구에게

자네 말마따나
그놈은 아주 강하고 무서운 놈이지.
아니, 세상 사람들이 다 두려워하는
암(癌)보다도 더 지독하고 더 치명적일 수가 있지.
하지만 돌아보시게나.
그놈을 그리 키운 게 누구 탓이겠는가.
따지고 보면, 그동안 자신만을 위해서
든든한 돌담을 보란 듯이 높이, 높이
스스로 쌓아오지를 않았던가.
하지만 그 높아진 돌담이
언제부턴가 출입문조차 없는 가시철조망 되어
스스로를 가두어버리지 않았던가.
이제, 돌담 밖 세상이 그립더냐?
그리워 죽겠다면 주저 말고 내다보시게나.
하찮은 나무나 풀꽃조차도
바람이 불면 부는 대로
눈비가 몰아치면 몰아치는 대로
그 속에서 저들끼리 부둥켜안고
그 속에서 저들끼리 어울려 살기를
마다하지 않고 좋아하지를 않던가.
천둥 번개 없는 그곳에서
아니, 바람도 없고 눈비조차 없는

그 어두운 곳에서 견디기 어려워
탈출을 꿈꾼다면
탈출을 꿈꾼다면
자신을 가두는 감옥 같은 철옹성을
스스로 쌓아왔듯이
스스로 허물어내야 하느니
너무 자학(自虐)하지는 말게나.
그 철옹성조차도
알고 보면 내 마음 안에 있는
티끌 먼지 같은 것일 뿐일세.

-2014. 08. 17.

문인들 세상

살아보니,
무명은 무명대로 어리석고
유명은 유명대로 간교하거늘
유명도 무영도 다 부질없어라.

그래,
무명도 아니고
유명도 아닌
그런 사람 어디 없나?

아무리 둘러보아도
무명을 얕보는 유명인들뿐
아무리 둘러보고 둘러보아도
유명을 흉내 내는 무명인들뿐.

-2014. 05. 23.

나의 슬픔

인정하려들지 않겠지만
당신에겐 한 가지 근원적인 슬픔이 있다.
그것은,
늘 필요 이상의 에너지를 섭취해야 하고
늘 필요 이상의 말을 해야 하며
늘 필요 이상의 목숨을 부지하려는
버둥거림 같은 허기(虛飢)라네.
이 슬픔을 슬픔으로 알지 못함으로
뚱뚱함도 죄가 되며
남의 말을 귀담아 듣지 못함도 죄가 되고
추하도록 오래오래 사는 것도 죄라면 죄가 되는
사실, 사실이다.

-2014. 09. 01.

전등사에 가다

아주 오랜만에
강화 전등사엘 갔네.

입장료도 만만찮은데
낡은 대웅보전 앞은 사람들로 북새통을 이루고,
이런저런 이름의 불상(佛像) 앞에 놓인
복전함(福田函)만이 입을 크게 벌린 채
갖가지 복(福)을 팔고 있네.

길마다 연등으로 어둠 밝히고
가을 국화꽃으로 심신의 청정함을 기원하는
속세의 사람들 이름표가 장사진을 이룬 것이
부처님 말씀을 사고파는 시장이 따로 없네그려.

세상사에 둔감한 나는
아주 오랜만에 강화에 들렀다가
정족산(鼎足山) 삼랑성*의 고즈넉함에 기대어 있는
전등사(傳燈寺)의 붐비는 인파 속 쓸쓸함에
눈을 맞추고서
나홀로 되돌아서네.

-2014. 10. 19.

욕심

60년을 사는 사람이나
그 두 배인 120년을 사는 사람이나
죽음 앞에 이르러서는
모든 것이 아쉽고 덧없다 하네.

그렇듯, 인간세상을
작게 한 바퀴 돌아오는 사람이나
크게 두 바퀴를 돌아오는 사람이나
죽음 앞에 이르러서는
모든 것이 덧없고 아쉽다 하네.

-2014. 10. 16.

멀어져 가는 길

엊그제까지도 칠십 다된 막내딸을 보고서
침대에 누워 눈시울을 적시던 노모께서
오늘은 아무런 뜻도 감정도 없이
먼 산 바라보듯
그저 쳐다만 보고 계시네.

그렇듯 아침식탁에 마주 앉아서는
육십 넘은 아들이 건네주는
죽 몇 술을 받아넘기시며 연신 고맙다던 노부께서
저녁식탁 앞에서는 그 아들에게
'누구시냐?'고 자꾸만 되물으시네.

부모와 자식 사이에서도
이처럼 멀어져 가는 길이 훤히 내다보여도
가지마라고, 가서는 아니 된다고
막지 못하고,
피하지 못함을 어찌하겠는가.

-2015. 01. 31.

진도전망대 추억

진도전망대 3층 커피숍에서 맛본,
고봉밥처럼 부풀어 오른 빵과 커피가 참 맛있었는데
고맙다는 인사가 늦었습니다.

아이스크림에 진한 커피원액을 부어
티스푼으로 떠먹는 커피 맛과 향은
매우 각별했답니다.

그러잖아도 속이 출출한데
달콤한 빵에 생크림까지 조금씩 발라먹으면서 맛보았던
바로 그 차가운 커피도 일품이었지만
뒤따라 마신 따뜻한 블랙커피 한 잔은
내게 보약과도 같았습니다.

물론, 처음 맛보았던 것은 아니나
유혹처럼 다가오는 친구이기에
언제부턴가 스스로 경계하지 않을 수 없었지요.

맛있다고 즐기고,
향이 좋다고 가까이하다보면
어느새 기울어지는 배에 올라타고서도
물에 잠기는 줄 모르기 때문이랄까.

커피 마시면 잠 못 이룬다는
사람들의 말을 들을 때마다 참 이상하게 여겼었는데
내 나이 육십이 가까워지면서
어느 날 갑자기 내가 그리 되었답니다.

그때로부터 나는
'카페인 총량'이란 말을 쓰곤 합니다만
그날만은 놀랍게도 잠을 아주 잘 잤습니다.

평소 같으면 가슴이 벌렁벌렁하여
새벽까지 잠 못 이룰 텐데 아무 일이 없었다니
실로 놀라운 일이 아닙니까.

그날 그곳에서 마셨던
커피 맛과 향을 떠올리며,

그날 그곳에서 내려다보았던,
그 옛날이나 지금이나 변함없이 흐르는
울돌목의 거친 바닷물 사연을 떠올려봅니다.

-2016. 04. 17.

다산초당 가는 길에서

짜디짠 강진 땅 백련사에서
다산초당 가는 오솔길을 걸으며
나는 문득 생각하네.

우리는 외롭지 않기 때문에
간절함이 부족하고,
그 간절함이 부족하기 때문에
사람과 사람 사이
진솔하면서도 끈끈한 관계가 맺어지기 어려우며,

그 끈끈한 관계가 맺어지지 않기 때문에
자신의 얘기가 없고,
그 자신의 얘기가 없기 때문에
그저 남의 말, 남의 얘기 퍼 나르기 바쁘네.

우리는 왜 외롭지 않은가?
나만이 가꾸어가는,
자신만의 텃밭이 없기 때문이라.

텃밭은 또 무엇인가?
돌 위에 돌 하나 더 올려서
세상에 둘도 없는 돌탑을 쌓는 일이라.

사람들은 그저 소리 소문 듣고서
우르르, 우르르 몰려다니지만
기실, 자신의 가슴 속에
이 고즈넉한 산책길이 있고,
자신만의 평범한 일상 속에
남다른 얘기가 있다는 것을 아는지 모르는지
스스로 외면하며 살 뿐이네.

-2016. 04. 20.

濃霧(농무)

눈을 떠보니
하룻밤 새 바깥세상이 다 지워져버린 듯
물기 머금은 한지 같은
짙은 안개가 드리워져 있네요.

그 백짓장 속에는
아무도 보이지 않는데
외딴집에 사는
노인네 헛기침소리 들리고,

그 백짓장 속에는
아무것도 드러나 있지 않는데
가까이 다가가면 기억 속에서 되살아나듯
굽은 길이 보이고,

그 길가에 돋아난 풀들도
어렴풋이 보이며,
언덕배기에 우뚝 솟은 소나무 두 그루도
서로에게 기댄 채 제자리를 지키네요.

-2016. 04. 20.

---

*조선시대 남화의 대가였던 소치 허련(1808~1893) 선생이 말년에 여생을 보냈다는
화실 '운림산방'을 둘러보고

세방낙조 솟대 앞에서

다정한 이가 건네는
낯설은 울금막걸리 한 잔에
세방낙조 노을은 더욱 붉어지고

그리운 이가 권하는
지독한 홍주 한 잔에
세방낙조 그리움만 더욱 깊어가네.

-2016. 04. 17.

---

*세방낙조 : 전남 진도군 지산면 세방낙조로 148에 있으며, 그곳에 두 시인의 시비(詩碑)가 좌우 양쪽으로 세워져 있고, 몇 개의 솟대가 설치되어 있다. 도로 건너 뒤편 산으로 올라가면 세방낙조전망대가 있다.

'인동주마을'의 홍어

내 말로만 듣던
목포 '忍冬酒마을'에 들러
푸짐한 한 상을 받아 놓고서

그 이름 좋은 인동주 한 잔에
적당히 삭힌 홍어 한 점을
굵은 소금에 찍어 먹고

그 뜻 깊은 인동주 한 잔에
부드러운 보쌈 한 점
새우젓갈에 또 찍어 먹고

그 빛깔 산수유꽃 같은 인동주 한 잔에
덤으로 주는 간장새우를
씹어 먹다보니

어느새 취기가 달아오르는데
그 맛 각별한 간장게장에 홍어탕이 나와
밥 한 공기를 다 비워버렸네.

누구, 누구는
그 홍어를 먹고서

입천장이 다 헐었다는데

입안에 넣고 씹을수록
그 쏘는 맛과 독특한 향이 달라지는,
그놈의 홍어 생각 간절해지는 것을 보니

내 잘난 혀도
네 앞에서는
간사하기 짝이 없구나.

-2016. 04. 17.

*인동주마을 : 전남 목포시 복산길 12번길 5에 있는 전통음식점으로 홍어삼합과 꽃게
장 백반을 기본상으로 하며, 특허 개발했다는 인동주를 맛보기 위한 사람들로 북적인
다.

한라봉

한라봉 하나를 집어든다.
유두 같은 꼭지를 비틀어
두꺼운 껍질을 야금야금 벗겨내기 시작한다.
비로소 내 손안에 쥐어지는 건
한 움큼의 네 정결한 성체(聖體)!

습관처럼 너를 한 입 베어 물고
만족스러운 듯 씹어 먹지만
그것은 네 알몸만이 아니다.
네 생명에 녹아 깃든
햇살과 바람과 수분과 흙이고
그 속으로 박힌 가시 같은
향기를 즐기는 일이다만

내 평생을 살며
내가 맺는 나의 열매들은
과연 누구의 손에 들리어 껍질이 벗겨지고
누구의 입안에서 씹히어 음미되는
성체의 한라봉이 될까?

-2016. 01. 31.

110

그리움이란 나무

그리움이란 나무 한 그루 키워 보세요.
아침저녁으로 물을 주고
바람과 햇볕을 적절히 쪼이며
그 잎들과 가지와 줄기를 어루만져 보세요.
나날이 무럭무럭 자라나는 모습을 보며
기쁨이 샘솟을 것입니다.
꽃 피고 열매 맺는 날을 생각하면
더욱 더 신이 날 줄로 믿습니다.
그렇듯, 꿈을 꾼다는 것은
내 생명의 등잔에 기름을 붓는 일이 되어주고
그렇듯, 그리워한다는 것은
내 심지에 불꽃이 꺼지지 않는 이유가 될 것입니다.

-2016. 01. 07.

출렁다리를 걸으며

그리 멀리 있는 것도 아니건만
내가 네게로 갈 수 없고
네가 내게로 올 수 없으니
우리 사이엔 섬과 섬을 잇는
출렁다리라도 하나 놓았으면 좋겠네.

네 그리움이
지독한 홍주처럼 무르익고
내 외로움이
벼랑에 바짝 엎드린 늙은 소나무처럼 사무쳐서

내가 네게로 갈 때마다
내 가슴 두근, 두근거리듯이
네가 내게로 올 때마다
그 마음 출렁, 출렁거렸으면 좋겠네.

-2016. 04. 17.

어둠을 어둠이게 하라

세상 사람들은
한사코 밝아야 한다고 말들 하지만
내게는 어둠이 더 필요하다.
밝음보다 어둠 속에 있을 때가
더 편하고 더 아늑하기 때문이다.

그동안 그놈의 빛을 가까이하며
얼마나 많은 상처를 입었던가.
이제, 그 빛의 자리에
어둠이 놓이기를 염원하면서,
구석진 어둠이 얼마나 소중한가를
몸서리치도록 느끼며
아직 건강하게 숨 쉬고 있을 때에
두 눈을 자주, 자주 감고
일찍, 일찍 어둠의 동굴 속으로
기어들어가기로, 기어들어가기로
작정했다. 나는.

그렇듯, 세상 사람들은 한사코
매사에 긍정적이고 적극적이고
희망을 갖자고 말들 하지만,
또 그런 정열적인 무모한 사람들에게

열열이 박수를 보내지만
나는 그럴 수 없다.
더 부정적이고, 더 소극적이고,
더 절망할 필요가 있으며,
혹, 있을법한 그런 사람에게
나라도 뜨겁게, 뜨겁게 지지를 보내는 바이다.

그래, 사람들이 다 아는 바처럼
세상에 빛이 없고
소금이 없어서도 아니 되겠지만
모든 사람이 빛이고 소금이고자 자처하니
기실, 세상은 어둠이 더 필요하고
썩어 없어질 것들이 더욱 요긴하다는 사실을
어찌 외면할 수가 있겠는가.

그래서 나는,
밝은 낮에는 두 눈을 자주 감고
어두운 밤에는 불을 밝히지 않은 채
어둠속에서 어둠을 만끽하기로 했다.
빛을 좋아하는 그들처럼
태양을 향해 웃으며
하루라도 더 오래 살려고
허둥대는 일도 없을 것이다.

이 어둠의 평화,
이 어둠의 고요,
이 어둠의 아늑함을 누리면서
나는 내 생명의 불꽃을 피우는 심지를
서서히 다 태워버리고 싶다.

-2015. 12. 22.

타클라마칸 사막에서

협곡은 있으나
나무 한 그루 자라지 못하고
강은 있으나
물 한 방울 흐르지 못하는
숨 막히는 이곳에
이따금 돌무더기 구르고
때때로 모래알이 날리는 이곳에
온기를 불어넣는 이 누구며
냉기를 녹이는 이 또 누구인가.

행여, 네 뜨거운 눈빛 마주칠까
너의 배꼽 언저리쯤에 서서
나는 그만
눈을 감아버리고 마네.

-2013. 10. 11.

우울한 봄날에

산천에 봄은 또 왁자지껄 왔건만
나는 나이가 들수록 겁도 눈물도 많아지고
이제는 거둥마저 굼뜨는 게
몸과 마음이 예전 같지만 않네.

산천에 봄은 또 그렇게 왁자지껄 왔건만
왠지 허전하고 서럽고 부끄러운 구석이 많은지
좀처럼 신명이 일지 않고
심란한 마음에 우울함만 더해지네.

왕유는 술로써 늙어감을 잊었다 하나
나는 산행(山行)으로써 몸부림치건만
어느새 연둣빛 새봄이 다시 찾아왔어도
모든 게 예전 같지마는 않네.

-2015. 04. 25.

제5부 _ 산에서 한 부질없는 근심걱정

울돌목을 바라보며

네 울음소리 어디로 꽁꽁 감추었는가.
그 소리 그 때처럼 내 귀에 쟁쟁해야
그 울음의 그 의미를 되새기어보지 않겠는가.

바닷물이 강물처럼 급히 흐르는
이곳 울돌목,
예나 지금이나 변함없는
네 울음소리 듣고서 알아차리는 자만이
성난 네 서러움을 잠재우며
거친 물살을 거스를 수 있는 법.

허나, 바람 잘 날 없는 반도 땅엔
수(數)와 힘으로써 밀어붙이는
무지한 이들의 고함소리만
여전히 무성하이.

무릇, 정치를 하려거든
이곳 울돌목에서 배우라.
울돌목을 아는 자가
울돌목의 거친 물살을 다스려야 하지 않겠는가.

울돌목을 바라보며 울돌목도 모른 채

말만 앞세우는 놈들에게
차라리 재갈을 물리는 게 어떤가.

-2016. 04. 21.

---

*솔직히 말해, 나도 한번쯤 '울돌목'에 대해서 시(詩)를 쓰고 싶었다. 그러나 오랫동안
쓰지 못했다. 그러나 오늘 비로소 썼다. 13 : 133이란 숫자를 기억하며, 임금님이 아
니라 더불어 사는 국민에 대한 충(忠)과 불충(不忠)의 진실을 구분할 줄 알아야 함이
오늘을 사는 내 도리라고 생각했다.

의상능선을 걸으며

태풍급 강풍이라더니
이곳 북한산 의상능선 상에서도
초목들의 사투 흔적이 역력하구나.

겉보기엔 멀쩡해도
벌레 먹어 속이 썩었던 나무들은
여지없이 부러져 있고,

고함을 지르며 내리치는
강풍의 순간 칼날을 피하지 못했던
우람한 소나무 한 그루는 뿌리 채 뽑혀
넘어져서 길을 가로막는구나.

그가 휩쓸고 지나간 마을골목 골목마다
사생결단 몸부림치다가
꺾이고, 부러지고, 잘려나간 잔가지들이
곳곳에 흩어져 있네.

마치 간밤의 격렬했던 전투에서
처참하게 죽은 민초들의 시신이 널브러져 있고,
부상자들의 신음소리가
곳곳에서 들려오는 듯하다.

인류의 역사가 그러하듯이
지난날의 격렬했던 전쟁은 끝이 나고
하룻밤 사이에 언제 그랬냐는 듯
평화로운 햇살을 주고받으며
어제의 세상을 성토하며 내일을 꿈꾸네.

능선마다 골짜기마다 봉우리로 향하는
초목들이 연녹색 물결에 파도를 치듯
더욱 선명하고 더욱 짙게 번지어가네.

-2016. 05. 05.

북한산성 성곽길을 걸으며

바람이 분다.
매서운 바람이 분다.
머지않아 칼바람 불어올 것이다.
높고 견고한 성(城)을 쌓자.
높고 견고한 성을 쌓자.

매서운 바람이 분다.
칼바람이 불어온다.
머지않아 피바람도 몰아칠 것이다.
높고 견고한 성을 쌓자.
높고 견고한 성을 쌓자.

고개를 들지 마라.
함부로 머리를 쳐들지 마라.
칼바람이 네 목을 노리고
광풍이 네 가슴속을 후벼 놓을 것이다.

그렇게 눈먼 바람이 몰아칠 때에는
성문을 굳게 닫고 낮게, 낮게 엎드려라.
미친바람도 멎을 날 있으리라.
칼바람도 기세 꺾일 날 있으리라.

그렇다고 성을 너무 좋아하지 마라.
성을 너무 의지하지 마라.
성안에 갇히어 죽으리라.
성안이 쑥대밭이 되고
골골에 핏물 흐르는 참극(慘劇)이 없도록
성을 너무 믿지 마라.
성을 너무 믿지 마라.

-2015. 01. 07.

남북의 화합 통일을 염원하며

우리 서로 다른 곳을 바라보며
다른 꿈을 꾸지 말아요.

우리 서로 멀어지고
멀어지면 미워져요, 정말.

남과 북은 처음부터 하나.
북과 남은 끝, 끝까지 하나.

슬플 때에 함께 울고
기쁠 때에 함께 웃는

너와 내가 아사달의 주인이고
너와 내가 신단수의 백성이라.

-2015. 08. 23.

미세먼지 · 1

안개도 아닌 것이 구름도 아닌 것이
안개인 양 구름인 양 시시때때로 드리워져
어느 날은 어슴푸레하니
크고 작은 것들의 윤곽만 드러내 보이고
또 어느 날은 높은 빌딩의 첨탑만
허공중으로 띄어 놓고
세상은 한 통속이 되어 다 잠기어 가는데
정체불명의 괴한들만 바삐 움직일 뿐
가까이 다가서기 전에는
아무 것도 보이지 않는다.

이 밀폐되고 흐린 유리상자 속 같은,
알 수 없는 세상 속에서
우리는 서로의 얼굴을 확인하며 안부를 묻지만
품에 안은 어린 것들은
피어나기도 전에 시름시름 앓다가
이내 시들어버리고 마는 것을 지켜보며
길모퉁이에 앉아 검은 피를 토하지만
통한(痛恨)의 눈물조차 이미 메말라 있고
참회(懺悔)의 손발조차 꽁꽁 묶이어 있다.

-2016. 05. 10.

미세먼지 · 2

시시때때로 복면을 쓰고 나타나는
정체불명의 너를,
너를 어이할거나?

황사인 양 안개인 양 우리를 기만하면서
실루엣처럼 세상을 부드럽게 감싸 안지만
치명적인 독과 칼을 숨기고 있는 너를,
너를 어이할거나?

너의 복면을 벗겨내지 못하면
너의 비수를 막아내지 못하면
내 목구멍이 찢기고
내 허파가 굳어가고
내 심장이 돌연 멈추어 서는데

어이할거나?
시시때때로 복면을 쓰고 나타나는
정체불명의 너, 이기적인
너와 나의 배설물을 어이할거나?

-2016. 05. 21.

봄 같지 않은 봄

봄은 왔으나
봄 같지 아니한 것이
어인 일인지 몸은 으스스 떨리고
마음까지 얼어붙어 춥구나.

봄을 기다렸다는 듯
나무들은 서둘러 꽃망울을 터뜨리지만
갑자기 내린 폭설에 뒤덮여
놀란 가슴 여미면서 숨죽이고
차가운 비바람에 휘둘리며 속까지 젖어
온전히 피어나기도 전에 시들고 마네.

봄은 왔으나
봄 같지 아니한 것이
아침저녁으로 바뀌는
사람 마음만큼이나 수상하구나.
지구촌의 이상기온이여,

-2013. 04. 19.

어느 해 첫눈

하루 전 예보는 있었다마는
갑자기 어두워진 하늘에서
횡설수설 첫눈이 내린다.

아무리 말씀이라 하더라도
흠이 있고 어긋났다 싶으면
폭언이 난무하는 도심 속
고층빌딩 사이사이 협곡으로
한바탕 소나기를 퍼붓듯
함박눈이 쏟아지며 일낼까 싶더니

언제 그랬냐는 듯
한눈파는 새에 개어버린 하늘에
드리운 햇살이 강풍 속에서도
참 깨끗하다.

-2013. 11. 18.

입추

얼마나 감사한 일인가.
더위에 지쳐 잠 못 이룬 나날이 참 많았었는데
정말이지, 더위가 끝나지 않을 기세였는데
하루 이틀 밤사이로 이불을 끌어당겨 덮고
밤하늘에 별빛만큼이나
풀벌레 소리가 깨끗하게 들리는 것이.
이 얼마나 감사한 일이며
이 얼마나 깊은 이치이가.

-2013. 09. 03.

싱크 홀

가만히 있던 땅이 돌연 푹 꺼져버려 생긴 웅덩이를 두고 '싱크 홀[sink hole]'이라 한다지? 그것이 때론 빌딩을 통째로 삼켜버리기도 하고, 그것이 때론 지나가는 버스를 부지불식간에 사라지게도 한다지? 하지만 그보다 더 기이하고 두려운 것은, 잘 보이지 않지만 사람들의 마음 가운데가 무너져 내리고 곳곳이 푹 꺼져버려서 생기는, 더 깊은 싱크 홀이지. 허기(虛飢)와 광기(狂氣)와 불만(不滿)과 증오(憎惡) 등이 시도 때도 없이 소용돌이치는 마음의 싱크 홀 그 공허함이지.

-2014. 08. 15.

우리 마을 소사(小史)

간밤에 소를 잃자
마을 사람들이 하나 되어
큰 슬픔에 빠졌네.
[하지만 슬픔은 잠시!]

간밤에 또 소를 잃자
외양간부터 고치자고
온 동네가 소란스럽네.
[하지만 그 수선도 잠시!]

한낮에 또 소를 잃자
세상인심 한탄하며
이제는 소를 키우지 말자하네.
[하지만 그 통에 울고 웃는 이들도
알고 보면 이웃사람!]

누구를 원망할 수도 없어
더욱 부끄럽고,
무엇을 기대할 수도 없어
더더욱 슬프다네.

-2014. 04. 26.

국내산 오리발

야, 이 개자식아,
끝내 붙잡히더라도 도망갈 수 있는 데까지는 도망가고
피할 수 있는 데까지는 이리저리 피해야지.
안 그래?

이 개자식아,
끝내 들통 나더라도 숨길 수 있는 데까지는 숨기고
둘러댈 수 있는 데까지는 알아서 둘러대야지.
안 그래?

이 개자식아,
명백한 물증을 코밑으로 들이밀 때까지는
닭발 대신에 오리발, 오리발을 내놓으란 말이야.

이 멍청한 개자식아,
그런 **국민적 합의에 가까운 진리**도 몰라?

쇠고랑을 찰 때 차더라도
들어갈 때는, '성실히 조사에 임하겠습니다.'
들어가서는, '모르는 일이다', '기억나지 않는다', '술이
조금 취해서…'
쇠고랑 차고서는, '국민께 심려를 끼쳐 드려서 송구합

니다'라고
고개 한번 숙이면 되는 것이지
뭘 그리 심각하게 생각해.

전 국민이 애독하는 교과서에 실린
이런 상식적 수준의 공식도 모른단 말인가.
이 무식한 놈아,
알았으면 적극적으로 활용하고 적용해야지.
그래가지고 무슨 큰일을 도모한다고 그래?
형편없는 친구 같으니라고.
모든 것은 다 네 선에서 끝내!
깔끔하게 끝내라고!

-2014. 08. 21.

경작론

겉보기엔 멀쩡해도
속은 썩을대로 다 썩었구나.

아는지 모르는지
꽃 피고 열매 맺으리라 허풍떨며
입으로만 사는 사람들뿐

오늘은 또 어디서
누구를,
얼마나,
산 제물로 바치려는가.

더 늦기 전에
더 늦어버리기 전에
썩은 가지 잘라내고
썩은 뿌리 뽑아내세.

아깝다고 방치하거나
때를 놓치면
통째로 갈아엎어야 하느니
통째로 갈아엎어야 하느니.

-2014. 04. 27.

지구(地球)

당신이 바로
숨 쉬는 보석이요,
거룩한 생명이라.

당신이야말로
만물을 낳고 기르는 어머니요,
철없는 내가 뛰놀다 돌아가는 고향이라.

언제 어디서 바라보아도
신비롭고 아름다운,
언제 어디서 누워도
아늑하고 깊은 어머니 품속이어라.

-2013. 08. 25.

지구사랑

나는 너를
사랑하기로 했네.

너를 다이아몬드처럼
손바닥 위에 올려놓고
가끔씩은 눈을 맞추기로 했네.

마침내 나는 너를
사랑하기로 했네.

만삭이 다 된 아내처럼
부풀어 오른 너의 배위로
귀를 갖다 대어보기로 했네.

나는 너를 그렇게
사랑하기로 했네.

너의 품에서
한 시 한 걸음도 벗어나지 못하는
나는 너를 죽도록 사랑하기로 했네.

-2013. 05. 30.

이시환 시집

여백의 진실

초판인쇄   2016년 06월 25일   **초판발행**   2016년 06월 30일

지은이   **이시환**
펴낸이   **이혜숙**   펴낸곳   **신세림출판사**
등록일   **1991년 12월 24일 제2-1298호**

04559 서울특별시 중구 창경궁로 6, 702호(충무로5가, 부성빌딩)
전화 **02-2264-1972**   팩스 **02-2264-1973**
E-mail : shinselim72@hanmail.net

정가 **10,000원**

ISBN   978-89-5800-175-1, 03810